AF503356

CEPHALE et PROCRIS.

CEPHALE
ET
PROCRIS,
TRAGEDIE.
EN
MUSIQUE.

Representée par l'Academie Royalle de Musique.

Suivant la Copie imprimée A PARIS.

A AMSTERDAM.

Chez ANTOINE SCHELTE, Marchant Libraire, près de la Bourse.

---

clↄ Iↄc XCV.

ACTEURS
DU
PROLOGUE.

FLORE.

PAN.

NERE'E.

Chœur & Troupe de Nymphes de la suite de Flore.

Chœur & Troupe de Faunes & de Divinitez des Bois.

Troupe de Tritons & de Dieux de la Mer.

PROLOGUE.

Le Theatre repreſente un Bois. La Mer paroiſt dans le fonds.

FLORE. PAN.

IL eſt temps que chacun ſe raſſemble en ces lieux,
Déja l'Aurore vigilante
Commençant ſa route brillante,
Precéde le Soleil qui monte dans les Cieux.

FLORE.

On voit dans ces plaines fleuries
Le Dieu des jours & des ſaiſons,
Mêler l'or de ſes rayons
A l'émail de nos prairies.
Par tout mille Oyſeaux divers
Celebrent le retour de ce flambeau du monde,
Et par les plus tendres concerts.
Accordent leurs Chanſons au murmure de l'Onde.
Que le Zephire emporte dans les Airs.

PAN.

Rien ne doit retarder nos fêtes.
Le deſir de chanter le plus puiſſant des Roys.

Nous fit assembler dans ces Bois;
Si l'on voit s'élever d'effroyables tempestes,
Vains ennemis tremblez pour vos superbes têtes
La gloire asservie à ses loix
Va couronner ses dernieres conquestes
Par de nouveaux Exploits.

FLORE. PAN.

Rien ne peut échapper à sa sagesse extrême,
L'Orgueil est pour jamais à ses pieds abbattu.

PAN.

Ce n'est point de son Diadême
Qu'il emprunte l'éclat dont il est revêtu.

FLORE.

Toujours plus noble & plus grand par luy même
Sa gloire, sa grandeur suprême
Sont au dessous de sa vertu.

FLORE PAN.

Chantons sa valeur immortelle.
Publions ses faits glorieux;
Que sa gloire soit éternelle
Quelle dure autant que les Dieux.

CHOEUR DE NYMPHES ET DE FAUNES.

Chantons sa valeur immortelle.
Publions ses faits glorieux;
Que sa gloire soit éternelle
Quelle dure autant que les Dieux.

Entrée des Nymphes de la suite de Flore.

DEUX NYMPHES.

Qu'un cœur est heureux

Dans

Dans un doux esclavage !
Qu'un cœur est heureux
Sous l'empire amoureux !
Dans la vive ardeur qu'inspire le bel âge,
Quand mille plaisirs peuvent combler ses vœux.
Qu'un cœur est heureux
Dans un doux esclavage !
Qu'un cœur est heureux
Sous l'empire amoureux !
Les tendres Oyseaux de ce charmant boccage,
Semblent nous chanter en exprimant leurs feux;
Qu'un cœur est heureux
Dans un doux esclavage !
Qu'un cœur est heureux
Sous l'empire amoureux !

Les Nymphes recommencent leurs Danses, aprés lesquelles Nerée paroist sur la Mer dans un Char conduit par des Tritons. Il est accompagné de huit Dieux de la Mer.

FLORE. PAN

Quelle Divinité se presente à nos yeux ?
Nerée avance dans ces lieux.

NERE'E

Je sors de l'empire de l'Onde
Pour prendre part à vos concerts.
L'Envie agitte l'Univers,
Et veut de sa fureur embrazer tout le monde ;
Mais sa jalouse rage en vain veut éclatter,
Quels projets odieux pourront executer
Des ennemis tremblants au seul nom de la France?
Et qui craindroient de rien tenter

S'ils ne connoissoient la clemence
Du Heros glorieux qu'ils osent irritter.

FLORE.

O vous! qu'un sort heureux sous ses loix à fait naître,
Que le Ciel à jamais protege vostre Maistre,
Que de ses ans rien n'arreste le cours;
Ne demandez ny grandeur, ny victoire;
Pour vous combler de bonheur & de gloire,
C'est assez que les Dieux prennent soin de ses jours.

CHOEUR.

Cherchons à satisfaire
Les plus doux de nos voeux;
Presentons-luy nos concerts & nos jeux
Heureux si nous pouvons luy plaire.

ENTRÉE *des Dieux de la Mer.*

Un Dieu de la Mer.

L'Amour soumet tout le monde,
Et jusques dans l'Onde
L'on sent ses feux;
Profitons de nostre jeunesse
Suivons la tendresse;
Le trait qui nous blesse
N'est point dangereux.
Profitons de nostre jeunesse
Suivons la tendresse;
Le trait qui nous blesse
Doit nous rendre heureux.

Les Dieux de la suite de Nerée recommencent leurs danses. Les Nymphes de Flore s'y joignent, & forment avec eux la derniere Entrée.

NERE'E.

Dans des liéux que le Ciel garantit de l'orage,
Retraçons de Procris les tragiques amours.
Heureux ? si de ses maux la vive & triste image,
Peut nous resoudre à fuir un esclavage,
Toujours funeste au repos de nos jours.

PAN.

A l'abry du fracas des armes,
Allons à nos concerts mêler des chants nouveaux
A l'honneur de tant de Heros,
Qui vont au milieu des allarmes
Nous asseûrer un doux repos.

CHOEUR.

Courez, volez, ô Guerriers invincibles,
Estendez vos Exploits au bout de l'Univers.
Nous allons en des lieux paisibles,
Celebrer par nos chants vos triomphes divers.
Courez, volez, ô Guerriers invincibles,
Estendez vos Exploits au bout de l'Univers.

Fin du Prologue.

ACTEURS DE LA TRAGEDIE.

L'AURORE.
PROCRIS, *Fille d'Ericthée, aymée de Cephale.*
CEPHALE, *Amant de Procris.*
BOREE, *Prince de Thrace, rival de Cephale.*
ERICTEE, *Roy d'Athénes.*
IPHIS, *Nymphe confidente de l'Aurore.*
DORINE, *Confidente de Procris.*
ARCAS, *amy de Cephale, amant de Dorine.*
LA PRESTRESSE, *de Minerve.*
Chœur & Troupe d'Atheniens & d'Atheniennes.
Troupe de Thraces de la suite de Borée.
Chœur & Troupe de Pastres & de Bergeres.
LA VOLUPTE'.
Troupe d'Amours, de Jeux, & de Suivantes de la Volupté.
Deux Zephirs.
LA JALOUSIE.
LA RAGE.
LE DESESPOIR.
Chœur & Troupe de Demons.

CEPHALE ET PROCRIS, TRAGEDIE.

ACTE PREMIER.

Le Theatre represente une place de la Ville d'Athénes, ornée pour les jeux. Le Temple de Minerve paroît dans le fonds.

SCENE I.

PROCRIS, BORE'E, DORINE.

BORE'E.

ME fuirez-vous toûjours? arrestez inhumaine.
Vostre injuste couroux ne peut-il se calmer?
Ah! pour meriter vostre haine,

 Quel

Quel crime ai-je commis, que de vous trop
aimer?
Vos mépris, vostre indifference
Sont-ils le prix de ma constance?
Un seul de vos regards pouroit charmer les
Dieux.
Par tout vous allumez une secrette flâme:
Ne poura t'on jamais faire naistre en vostre ame
L'amour que l'on prend dans vos yeux?

PROCRIS.

Malheureux qui ressent l'amoureuse puissance;
On ne goûte en aimant que des biens imparfaits;
Pour rendre deux cœurs satisfaits,
Il faudroit que l'Amour, la Paix & l'Innocence
Fussent toûjours d'intelligence,
Et c'est ce qui ne fût jamais.

BORE'E.

Vous tachez vainement de paroistre invincible,
Je sçai ce qui vous porte à mépriser mes soins.
Cruelle, helas? vous me haïriez moins
Si vous estiez insensible.
Cephale va bien-tost paroistre dans ces lieux.
Sa Valeur a dompté les peuples de la Thrace.
De vos fiers ennemis il a puni l'audace.
Philomele est vangée. Il est victorieux.
Vous aimerez dans ce haut rang de gloire
Un jeune amant que vos yeux ont charmé;
Mais, s'il prétend sur moy remporter la Victoire,
Vous pourez quelque jour, sensible à sa memoire,
Vous repentir de l'avoir trop aimé.

SCE-

SCENE II.

PROCRIS, DORINE,

DORINE.

Vous méprisez sa jalousie?
Que vostre sort a d'appas!
Rien ne sçauroit troubler vostre paisible vie.
Vous passez vos beaux jours sans crainte, sans envie.
On vous aime & vous n'aimez pas,
Que vostre sort a d'appas!

PROCRIS

Helas!

DORINE.

Vous soupirez? d'où vient cette tristesse?

PROCRIS.

C'est trop déguiser ma foiblesse;
L'amour m'a sçû lier du plus doux de ses nœuds;
Pardonne, si j'ay pû te cacher ma tendresse,
Suis-je la seule helas! qui feint d'estre maistresse
D'un cœur soumis aux loix de l'Empire amoureux.
J'aime, il faut l'avoüer, il ne m'est pas possible
De fuir un doux engagement:
Mais le seul nom de mon amant
M'excuse assez d'estre sensible.

DORINE.

Cephale a t'il sceu vous charmer?
Chacun sçait que pour vous son ardeur est extrême.

PROCRIS.

Tu le connois ; crois-tû que quand il aime,
On puisse ne le pas aimer ?

DORINE.

Aux plus tendres douceurs vostre amour vous prepare,
Le Roi doit en ce jour vous choisir un Epoux ;
En faveur de Cephale on dit qu'il se déclare.

PROCRIS.

Je n'ose attendre un sort qui me paroist trop doux
On voit les ardeurs les plus belles
Eprouver un sort rigoureux ;
Et les cœurs qui pouroient estre les plus fidelles
Sont souvent les plus malheureux.

SCENE III.

PROCRIS, DORINE, ARCAS.

ARCAS.

LE devoir de Cephale auprés du Roi l'appelle.
Doit-il apprehender encor vôtre rigueur ?
Il vous conserve dans son cœur
Une flame immortelle.
Aprés avoir vaincu nos ennemis jaloux,
Et porté son courage au comble de la gloire,
Vous l'allez voir à vos genoux
Moins content des honneurs d'une illustre victoire,
Que d'avoir combatu pour vous.
En cet heureux estat que faut-il qu'il espere ?

PROCRIS.

Mes desirs sont soumis aux ordres de mon Pere,
C'est à lui de regler mes vœux.

Ce-

Cephale aux yeux du Roi peut découvrir son ame,
S'il ne trouve que moy qui s'oppose à sa flame,
Il doit s'assurer d'estre heureux.

SCENE IV.

DORINE, ARCAS.

ARCAS.

Seras-tu toûjours inflexible?
Je languis pour toy vainement.
Les pleurs d'un malheureux amant
N'ont pû rendre ton cœur sensible.
En vain le changement s'offre à me soulager,
Je ne sçaurois estre volage;
Ingrate ta beauté m'engage
Et ta rigueur ne me peut dégager.

DORINE.

Tache à vaincre un amour qui te rend miserable,
Je veux, pour t'épargner des soupirs superflus,
Prêter à ton dépit un secours favorable,
Arcas, je ne te veray plus.

ARCAS.

Cruelle il te sied bien de braver ma colere;
Tu sçais que tes mépris servent à m'enflamer.

DORINE.

Que ne sçais-tu te faire aimer?

ARCAS.

Apprens moi donc le secret de te plaire?

DORINE.

L'amour n'est point charmant s'il n'offre des plaisirs,

Et

Et tu portes par tout le chagrin, la tristesse:
Pense-tu, pour charmer une jeune maîtresse,
Qu'il n'en coûte que des soupirs?

ARCAS.

Promets-moy de m'aimer sans cesse;
De mes cruels ennuis tu finiras le cours?

DORINE.

Je t'aime cher Arcas, j'approuve ta tendresse,
Mais peut-on s'assurer qu'on aimera toujours?

ARCAS.

Quoi! tu crois donc changer! cruelle, quel outrage!

DORINE.

Pourquoi veux-tu que je m'engage.
De ne cesser jamais de répondre à tes feux:
Crois-tu qu'un serment amoureux
M'empêcheroit d'être volage.
Sui mes conseils Arcas, vivons toujours en paix.
Un long engagement rarement a des charmes.

ARCAS.

Que pour les tendres cœurs la constance a d'attraits!

DORINE, ARCAS.

Pour vivre sans chagrin, sans trouble, sans allarmes

Dor. } Il faut ne s'engager } jamais.
Ar. } Dorine ne changeons }

SCE-

SCENE V.

DORINE, ARCAS, *Chœur & Trouppe d'Atheniens & d'Atheniennes.*

CHOEUR.

Celebrons d'un Heros la valeur triomphante
Nos ennemis sont soumis à ses loix.
Unissons nos cœurs & nos voix,
Chantons sa Victoire éclatante,
Chantons ses glorieux Exploits.

Premiere Entrée.

SCENE VI.

Tous les Acteurs de la Scene precedente.

LE ROY, CEPHALE.

LE ROY.

Redoublez vos chants d'allegresse,
Formez les concerts les plus doux.
Mes armes ont rendu le repos à la Grece,
Et Cephale est l'heureux Epoux
Que je destine à la Princesse.
Redoublez vos chants d'allegresse,
Formez les concerts les plus doux.

SECONDE ENTRE'E.

On répend le Chœur Celebrons, &c. A la fin duquel le Temple de Minerve s'ouvre & la Grande Prêtresse en sort.

SCE

SCENE VII.

Tous les Acteurs de la Scene precedente.

LE ROY, LA PRETRESSE.

LE ROY.

Que vois-je! de Pallas j'apperçoi la Prêtresse.

LA PRETRESSE.

Prince, que faitez-vous! quel hymen odieux
Osez-vous arrester sans consulter les Dieux?
Ecoutez ce qu'une Déesse
Veut bien vous dire par ma voix.
Le Ciel désaprouve le choix
Que vous faites pour la Princesse.
Si vous voulez qu'une profonde paix,
Forme les nœuds sacrez d'un auguste hymenée,
Accordez Procris à Borée,
Et condamnez Cephale à ne la voir jamais.

Elle se retire.

CEPHALE.

Qu'entens-je! juste ciel! Seigneur pourez-vous croire
Que les Dieux inhumains....

LE ROY.

Je conçoi vos douleurs.
Cét Oracle est pour vous le plus grand des malheurs,
Mais l'amour, au devoir doit céder la Victoire.
Reverons les Arrests que les Dieux ont dictez;

Un

Un heros doit trouver sa gloire.
A soûmettre à leurs loix toutes ses volontez.

CEPHALE.

Mon rival pour m'ôter la beauté que j'adore,
Pouroit. . . .

LE ROY.

Je vous entens; consultons les encore.
Puissiez-vous à nos yeux appaiser leur couroux.

CEHALE.

Ah! Dieux cruels! où me reduisez-vous?

Ils entrent tous deux dans le Temple.

Fin du premier Acte.

ACTE

ACTE SECOND.

Le Theatre represente un lieu solitaire au pied du Mont-Hymette. On voit quelques Hameaux dans l'éloignement.

SCENE I.

PROCRIS, *seule.*

Lieux écartez, paisible solitude !
Soyez seuls les témoins de ma vive douleur.
Des peines des amans je souffre la plus rude ;
Lieux écartez, paisible solitude
Cachez le desespoir qui regne dans mon cœur.
Helas ! quand j'ignorois la fatalle puissance
Du Dieu qui m'a ravi la paix.
Contente des plaisirs qu'offre l'indifference,
Que mon sort étoit plein d'attraits !
Pourquoy cruel Amour ! par d'invincibles traits.
As-tu domté ma resistance ;
Ah ! j'aimerois encor les maux que tu m'as faits,
Mais les Dieux inhumains m'ostent toute esperance ;
J'aime un jeune Heros, il m'aime avec constance,
Et le Ciel nous condamne à ne nous voir jamais.
Lieux écartez, paisible solitude.
Soyez seuls les temoins de ma vive douleur !
Des peines des Amans je souffre la plus rude.

Lieux

Lieux écartez, paisible solitude,
Cachez le desespoir qui regne dans mon cœur.
Cephale vient? helas! tout redouble ma peine.
Ne puis-je sans le voir abandonner ce lieu?
Mes pleurs vont me trahir! quel tourment! quelle gêne!

SCENE II.

PROCRIS, CEPHALE.

CEPHALE.

L'amour belle Procris prés de vous me rameine,
Je viens vous dire un éternel adieu.
Ma mort va contenter la haine
Des Dieux inhumains & jaloux.

PROCRIS.

Ce n'est point vostre mort qu'exige leur courroux.

CEPHALE.

N'est-ce pas me livrer à la parque inhumaine,
Que de me condamner à vivre loin de vous?
Vous soupirez! vous me cachez vos larmes!
Quoi? seriez-vous sensible à mes cruels ennuis
Dieux! que mes maux auroient de charmes!

PROCRIS.

Vous voyez malgré moy le désordre où je suis.
Vous payerez bien-cher un aveu trop sincere?
Vous avez trouvé seul le secret de me plaire,
Je n'ay plus rien à vous celer;
Mais, malgré toute ma foiblesse,
Aux volontez des Dieux mon cœur doit immoller,

Sa fatalle tendresse.
Ne me reprochez point les maux que je vous
fais,
Laissez moy remporter cette triste victoire. . . .
Si vous avez soin de ma gloire,
Prince, ne me voyez jamais.

CEPHALE.

Ah! puisque vous m'aimez permettez que j'espe-
re.
Vous sçavez qu'Eole est mon pere,
Je puis l'armer. . . . ,

PROCRIS

En vain vous flattez mes douleurs,
Il faut briser les nœuds d'une chaîne si belle;
Les Dieux m'ont condamnée à d'éternels
malheurs;
Non, ce n'est plus que la parque cruelle,
Qui peut faire cesser mes pleurs.

PROCRIS, CEPHALE

Le Ciel m'avoit donné la flatteuse esperance
Que tout seconderoit mes vœux;
Helas! un sort si rigoureux,
Doit-il de tant d'amour estre la récompense?

PROCCRIS.

Adieu Prince, je fui, nos pleurs sont superflus

CEPHALE.

Cruel destin!

PROCRIS

O sort Barbare!

PRO-

PROCRIS, CEPHALE.

Faut-il que le Ciel nous separe?

PROCRIS.

Adieu:

CEPHALE.

Belle Procris, ne vous verai-je plus!

SCENE III.

CEPHALE, *seul.*

Dieux cruels, Dieux impitoyables!
Suis-je assez malheureux au gré de vos desirs?
Vous m'enlevez tous mes plaisirs,
Mon cœur desesperé vous trouve inexorables.
Dieux cruels, Dieux impitoyables
Suis-je assez malheureux au gré de vos desirs?
Lancez sur moy vostre tonnerre?
Sous vos injustes coups je demande à mourir.....
Mes cris vous font en vain une impuissante guerre,
Vous me haissez trop pour me faire perir? ...
Que dis-je... helas! mes maux ont lassé ma constance
Ah! pardonnez Grands Dieux si dans ce triste jour
Mon desespoir vous offense;
Quels crimes sont plus dignes de clemence,
Que ceux qu'aux tendres cœurs fait commettre l'Amour.

On entend un bruit de Simphonie.

Mon rival icy va paroître.

Un

Un bruit confus s'éleve dans les Airs.
Sçachons, sans nous faire connoistre,
Le sujet de ces concerts

Cephale se retire à l'écart.

SCENE IV.

BORE'E. *Chœurs & troupe de Traces de la suitte de Borée. Cephale retiré à l'écart:*

BORE'E.

Les Dieux m'ont à la fin accordé la victoire,
Mon amour est comblé de gloire,
Cét heureux jour va finir mes malheurs;
Quel plaisir pour les cœurs fidelles,
Quand un heureux succés couronne leurs ardeurs
Et qu'aprés des peines cruelles,
Il est doux de chanter l'Amour & ses douceurs.

CHOEUR.

Quel plaisir pour les cœurs fidelles
Quand un heureux succés couronne leurs ardeurs;
Et qu'aprés des peines cruelles,
Il est doux de chanter l'amour & ses douceurs.

UN THRACE.

Paisibles habitans de ces douces retraites
Venez prendre part à nos jeux;
Cet ombre, ces gazons, ces demeures secrettes.
Tout y semble estre fait pour les amans heureux.

SCENE V.

Tous les Acteurs de la Scene precedente.
Troupe de Pastres & de Bergeres.

PREMIERE ENTRE'E.

Un Pastre & une Bergere.

Les Rossignols dés que le jour commence,
Chantent l'Amour qui les anime tous;
Si les oiseaux cédent à sa puissance
Quel mal faisons nous
D'aimer à sentir ses coups!
Si leur instinct est rempli d'innocence,
Quel mal faisons nous
De suivre un penchant si doux?

Les Pastres & les Bergeres recommencent leurs danses; aprés quoy le même Pastre & la même Bergere qui ont chanté le dernier Air, chantent le second couplet.

Heureux Troupeaux paissez sur la verdure
Pour vous l'Amour prodigue ses faveurs;
Vous n'avez point de loix que la Nature,
Les biens, les Grandeurs
Ne sçauroient troubler vos cœurs;
Jamais chez vous la raison ne murmure,
Les biens, les Grandeurs,
Ne vallent pas vos douceurs.

Les danses des Bergers continüent; quand elles sont finiës: Céphale sort du lieu où il s'etoit retiré, & s'adresse à Borée.

SCENE VI.

CEPHALE, BORE'E

CEPHALE.

Vous n'êtes pas encor ſeur de voſtre conquête.
Craignez du ſort volage un dangereux retour!
Duſſais-je voir la foudre à tomber toute prête,
Ma mort ſeule poura m'arracher mon amour.

BORE'E.

Je ſouffre d'un jaloux l'impuiſſante colere.
Ton amour te rend temeraire.
Tu ſuis une aveugle fureur.
Mais mon cœur genereux veut bien te faire grace:
Pour te punir de ton audace,
C'eſt àſſez que tu ſois témoin de mon bon-heur.

SCENE VII.

L'AURORE *deſcend dans une machine brillante.*

IPHIS, CEPHLE.

CEHALE *ſans voir l'Aurore.*

Le Traître à me braver porte ſon inſolence?
Courons à la vengeance,
N'écoutons que l'ardeur dont je ſuis animé?

L'AURORE.

Cephale où courez-vous? quelle fureur vous guide?

CE-

CEPHALE.

Je vais me vanger d'un perfide,
Ou mourir pour l'objet dont mon cœur est charmé

L'AURORE.

Suspendez les transports d'un genereux courage.
De la beauté qui vous engage
Estes-vous tendrement aimé?

CEPHALE.

Nous ressentons des ardeurs mutuelles,
Nos tendres cœurs forment les, mémes vœux;
Jamais le Ciel ne vit deux amans plus fidelles.
Et n'en fit de plus malheureux.

L'AURORE.

Procris peut vous tromper; peut-estre que l'Ingratte
N'aime qu'un vain honneur dont le charme la flatte
Elle céde à Borée, il triomphe à vos yeux;
Commencez à mieux la connoître?
Rarement l'Amour est le maître
D'un cœur ambitieux.
J'ouvre au Pere du jour la celeste barriere.
Je precéde en tous lieux le Dieu de la lumiere;
La Terre à mon aspect fait éclorre ses fleurs;
Je suis cette Aurore charmante
Dont la clarté toujours naissante
Peint l'Univers des plus vives couleurs.
Et qui méme, au milieu de mes tendres douleurs,
Toujours aimable, & toujours bien-faisante,
Enrichis si souvent la Terre de mes pleurs.

Suivez un conseil salutaire,
Vous souffrez pour Procris, elle a trop sçû vous plaire,
Guerissez-vous en la quittant;
C'est estre sage,
Quand une maistresse est volage,
Que d'être inconstant.

CEPHALE.

Quoy! l'Objet charmant que j'adore
Auroit feint de répondre à mes tendres Amours!
Ciel! quel nouveau chagrin m'agite & me devore
Ah! je ne sçai si Procris m'aime encore;
Mais hélas! je sens bien que je l'aime toujours.

L'AURORE

Je vais tout employer pour contenter vostre ame;
Ne craignez point un rival odieux;
Pour mieux cacher le feu qui vous enflâme,
Ne paroissez point en ces lieux?
Allez, reposez vous sur ces guides fidelles,
Avant que de suivre vos pas,
Je veux pour terminer tant de peines cruelles,
Vous assurer un destin plein d'appas,
Volez charmans Zephirs accompagnez Cephale,
Aux honneurs les plus grands ses jours sont destinez.
Est-il un mortel qui l'égalle?
Volez, je vais le suivre en des lieux fortunez.

Les Zephirs enlévent Cephale.

SCENE VIII.

L'AURORE, IPHIS.

IPHIS.

Pour rendre un amant volage,
Vous mettez tout en usage;
Pourquoy prendre tant de soins?
Je croy qu'il en coûte moins
Pour rendre un amant volage.

L'AURORE.

Je connoy ce jeune heros
Je sçay qu'elle est sa constance & sa flame;
Tu te souviens du jour qu'il troubla mon repos,
Il venoit en ces lieux confier aux échos
Les tendres secrets de son ame:
Mon cœur se sentit enflâmer,
Rien n'a pû jusqu'icy dissiper ma foiblesse;
De Pallas j'ay vû la Prêtresse,
J'ay fait rompre un hymen qu'elle alloit confirmer;
Hé! que ne fait-on pas, lors que l'Amour nous blesse,
Pour tâcher de se faire aimer?

IPHIS.

Laissez-vous occuper d'une douce esperance,
Cephale par vos soins peut changer en ce jour.
La plus longue perseverance
Doit enfin cesser à son tour;
S'il est un temps marqué pour se rendre à l'Amour

Il en eſt un pour l'Inconſtance.

L'AURORE.

C'eſt trop demeurer dans ces lieux,
Allons trouver l'objet de mon amour extréme;
Avec plaiſir j'abandonne les Cieux,
L'endroit où l'on voit ce qu'on ayme
Vaut bien le ſejour des Dieux.

Fin du ſecond Acte.

ACTE TROISIE'ME

Le Theatre represente les lieux où la volupté fait son sejour ; cette Déesse paroît dans le fond du Theatre couchée sur un lit de fleurs.

SCENE I.

CEPHALE, *seul.*

Amour que sous tes loix crüelles
On souffre de maux rigoureux ;
Par un espoir trompeur tu sçais flatter nos vœux
Pour nous livrér aprés à des peines mortelles.
Amour que sous tes loix cruelles
On souffre de maux rigoureux ?
Quand tu contrains deux cœurs à ressentir tes feux,
Dois-tu laisser rompre des nœuds
Qui devroient leur former des chaînes éternelles.
Amour que sous tes loix cruelles
Les cœurs constants sont malheureux ;
Et qu'il en est peu de fidelles ;
Amour que sous tes loix cruelles.
On souffre de maux rigoureux?

SCENE II.

CEPHALE, IPHIS.

IPHIS.

Rien ne peut-il appaiser vos allarmes;
Quoy! Céphale en ces lieux charmants
Vous soupirez! vous repandez des larmes!

CEPHALE.

Ah! pour les malheureux Amans
Est-il quelque sejour qui puisse avoir des charmes?

IPHIS.

Vous devez esperer la fin de vos malheurs.
Tot ou tard l'Amour repare
Les maux qu'il fait aux tendres cœurs
Et c'est souvent par d'extrêmes rigueurs
Qu'il vous prepare
A ses plus charmantes faveurs.
Tot ou tard l'amour repare
Les maux qu'il fait aux tendres cœurs.

Parlant à la Volupté.

Déesse dont toujours on ayma la puissance,
Vous qui par d'agreables loix,
Rendez quand il vous plait les Heros & les Rois
Esclaves des plaisirs que vostre main dispense;
Tranquille volupté venez avec les feux
D'un trop fidelle amant appaiser le martyre:
Vous pouvez combler tous nos vœux
Tout rit, tout plait sous vôtre Empire;

Et

Et si quelqu'un s'y plaint du pouvoir amoureux,
C'est moins de peine qu'il soupire,
Que du plaisir qui le rend trop heureux.

SCENE III.

CEPHALE, IPHIS, LA VOLUPTE'.

Trouppe & Chœur de Jeux, de plaisirs & de suivantes de la volupté.

La Volupté & sa suite forment une entrée de Ballet.

LA VOLUPTE.

Tendres Amans bravez vos peines.
Le Dieu qui vous donne des chaînes,
Doit à la fin vous secourir ;
La moindre grace
Que l'Amour fasse,
Sçait nous payer des maux qu'il fait souffrir.

CHOEUR.

Tendres Amans bravez vos peines,
Le Dieu qui vous donne des chaînes
Doit à la fin vous secourir ;
La moindre grace
Que l'Amour fasse
Sçait nous payer des maux qu'il fait souffrir.

LA VOLUPTE

Loin de ces lieux triste sagesse.
Doit-on deffendre à la jeunesse
De se former d'aymables nœuds ;
Dans le bel âge,

Est-ce estre sage
De fuïr un sort qui peut nous rendre heureux.

La Volupté & sa suitte recommencent leurs danses.

SCENE IV.

L'AURORE, IPHIS, CEPHALE.

L'AURORE.

Pour dissiper vostre tristesse,
Vous voyez les soins que j'ay pris !
Tachez de surmonter une indigne foiblesse,
La volage beauté dont vous estes épris
Est plus digne de vos mépris,
Qu'elle ne fut d'avoir vostre tendresse.

CEPHALE.

De mon funeste sort, Ciel ! quelle est la rigueur?

L'AURORE.

Vous soupirez encor pour elle ?

CEPHALE.

J'ay honte d'estre trop fidelle,
Mais helas ! le depit qui déchire mon cœur
Redouble ma peine cruelle
Et n'affoiblit point mon ardeur.

L'AURORE.

Cessez d'estre sensible aux beautez des mortelles;
Cherchez un sort dont les Dieux soient jaloux.
De tant de Deïtez qui brillent parmi nous,
Les

Les plus fieres, les plus rebelles,
Cesseront de l'être pour vous.
Peut-estre en dis-je trop; vous allez me connoistre,
Cephale, il ne faut plus vous rien dissimuler
En vain j'ay voulu vous celer
Que de mon foible cœur l'amour s'est rendu Maître;
Mes soins pour le cacher ont esté superflus,
Contre luy la fierté n'est qu'un foible remede,
Helas! quand ce Dieu nous possede,
Les Dieux les plus puissants ne se possedent plus.
Vous voyez mon ardeur, parlez sans vous contraindre?

CEPHALE.

De vos bien-faits mon cœur se sent comblé,
Mais... Dieux!

L'AURORE.

Que dites-vous;

CEPHALE

Que mon sort est à plaindre;
Indigne des honneurs dont je suis accablé.....

L'AURORE.

N'acheve pas Ingrat? je prevoy quel outrage
Tes injustes mépris feroient à mes ardeurs!
Va languir pour une volage.
Va te livrer à d'éternels malheurs,
Je ne feray pas seule à répandre des pleurs....
Il fuit... il m'abandonne à ma honte, a ma rage....
Cephale, tu te pers! cesse de m'irriter?
Tu te repentiras d'avoir sçû me déplaire.

CEPHALE.

Je n'ay rien fait pour meriter
Ni vos soins, ni vostre colere.
Vous me faites voir en ce jour
Un barbare couroux ; une rage inhumaine ?
Je ne croyois pas que l'Amour
Dût tant ressembler à la haine.

L'AURORE.

Vous me bravez cruel ; vous connoissez mon cœur,
Je vous ay fait voir sa foiblesse ;
Vous ne sçavez que trop, que toute ma fureur,
Ne peut égaler ma tendresse.

CEPHALE.

De vos bontez interrompez le cours.
Vostre amour outragé demande une victime,
Faites finir mes tristes jours,
Punissez-moy ; suivez un couroux legitime....

L'AURORE.

Je ne vous puniray qu'en vous aymant toujours
Aymez qui vous méprise, & fuyez qui vous ayme
Vous serez le témoin de mes tendres ardeurs ;
A vos yeux chaque jour j'offriray mes douleurs,
Et jusques dans vostre cœur même,
Mes maux & mon amour trouveront des vangeurs.
Partez ? c'est trop gêner vostre ame impatiente,
Allez offrir à de trompeurs appas
L'homage genereux d'une flame constante.
Zephirs accompagnez & conduisez ses pas.

SCENE V.

L'AURORE, IPHIS.

L'AURORE.

TU vois ma honte & mon ſuplice?

IPHIS.

Vangez-vous de l'Ingrat qui cauſe vos ennuis...

L'AURORE.

Quel triomphe pour luy! dans l'état où je ſuis,
S'il ſçavoit, que forcée à luy rendre juſtice
Ma raiſon me contraint d'approuver ſes mépris!

IPHIS.

Que dites-vous?

L'AURORE.

Apprens qu'elle eſt mon infortune?
J'amais je ne l'ay tant aymé;
Mon cœur malgré luy-même; eſt ſurpris & charmé
D'une vertu ſi peu commune....
Ah! c'eſt un crime encor dont je doy le punir?
Il me quitte! il me hait! & ſçait toûjours me plaire?
Vangeons-nous; je le puis.... qui peut me retenir?..
A mon juſte couroux, ma tendreſſe eſt contraire,
Et je crains bien que ma colere,
N'augmente mon amour au lieu de le bannir.

Fin du Troiſiéme Acte

ACTE QUATRIE'ME.

Le Theatre represente les Jardins du Palais d'Erictée.

SCENE I.

DORINE, ARCAS.

ARCAS.

Borée épouse la Princesse
Je dois avec Cephale abandonner ces lieux,
Veux-tu couronner ma tendresse,
Ou pour jamais recevoir mes adieux !
Tu peux rendre aujourd'huy mon ame satisfaite,
A m'épouser voudras-tu consentir ?

DORINE.

Le feu de ton amour pouroit se rallentir ;
S'il avoit tout ce qu'il souhaite ;
Quelques plaisirs qu'on se promette ;
Il n'est depuis l'hymen qu'un pas au repentir.

ARCAS.

A d'éternels refus, dois-je toûjours m'atendre ?

DORINE.

N'espere pas que je me rende un jour,
Mon cœur, de s'engager sçaura bien se deffendre :
Trop souvent l'hymen le plus tendre,
Eteint le flambeau de l'amour.

A R.

ARCAS.

Les mépris d'une cruelle
Rendront le calme à mon cœur.
Malheureux qui s'obstine à souffrir la rigueur
D'une beauté rebelle.
Dans l'empire amoureux le cœur le moins constant
Est bien souvent le plus contant.

DORINE, ARCAS.

Vivons toujours sans tristesse.
N'aimons qu'à rire & chanter.
Quand l'amour nous blesse,
S'il offre un doux moment taschons d'en profiter;
Mais regardons un excés de tendresse
Comme une foiblesse
Qu'on doit éviter.

SCENE II.

L'AURORE, IPHIS, DORINE, ARÇAS.

L'AURORE.

Sur d'autres que sur vous doit tomber ma vengeance!
Hastez-vous de vous retirer.
Le mépris d'un Ingrat m'offence;
Qu'il souffre les tourmens qu'il me fait endurer.

SCENE III.

L'AURORE, IPHIS.

L'AURORE.

O vous? implacable ennemie
Des cœurs que l'amour rend heureux,
Déesse des soupçons, barbare jalousie,
Pour entendre ma voix de vos gouffres affreux,
Suspendez les fureurs dont vous estes saisie?
Par les charmes les plus puissans,
Inspirez à Procris une haine cruelle?
Peignez luy Cephale infidelle,
Troublez son esprit & ses sens;
Ah! toutes les horreurs que vostre rage inspire,
Tous les maux que produit vostre funeste empire,
N'égaleront jamais les troubles que je sens.

On entend une Simphonie lugubre.

Sortons; la jalousie en ces lieux va se rendre;
Cette affreuse Divinité
Ne pouroit souffrir la clarté
Que je suis malgré moy contrainte de répandre.
Helas?

IPHIS.

Qui vous fait soupirer;
A remplir vos desirs tout semble conspirer,
La haine que Procris fera voir à Cephale,
Poura vers elle empescher son retour.

L'AURORE.

Iphis ma peine est sans égalle,
Je connois trop bien son amour,

Ma

Ma rage & tes conseils lui vont ravir le jour...
Non, je ne puis souffrir que ce Heros perisse.
Divinité que mes fureurs
Viennent d'armer pour son suplice....

IPHIS.

Procris vient, bannissez vos injustes terreurs.
Qui vous rend en ce jour si contraire à vous mesme?
Une indigne pitié doit-elle vous trahir?

L'AURORE.

Tes conseils sur mon cœur ont un pouvoir suprême.
C'en est fait, que l'Enfer soit prest à m'obeïr....
De ma vengeance, Iphis, j'auray peine à joüir.
Quand je songe à l'objet de mon ardeur extrême,
J'oublie helas! que je dois le haïr,
Et je sens trop bien que je l'ayme.

SCENE IV.

PROCRIS *seule.*

Funeste mort donnez-moy du secours?
Ah! par pitié venez trancher mes jours?
Mon infortune est certaine;
C'est peu de perdre helas! l'objet de mes amours,
Je me voy condamnée à m'unir pour toûjours,
A l'objet de toute ma haine.
Rien ne peut me tirer de cette affreuse peine.

Fu

Funeste mort donnez-moy du secours?
Ah ! par pitié venez trancher mes jours?

On entend un bruit sosterain.

Quel bruit lugubre & sourd icy se fait entendre?
Mille abismes se sont ouverts?

SCENE V.

Le Theatre change & represente l'Antre où la Jalousie fait son sejour.

LA JALOUSIE, LA RAGE, LE DESESPOIR.

PROCRIS.

Je me voy transportée en d'horribles deserts?
Ciel! quelle nuit vient me surprendre;
Pourquoy fremir? l'Enfer touché de mes soupirs,
Veut-il par le trépas finir mes déplaisirs?

Elle apperçoit la Jalousie.

Venez, inhumaine furie,
Venez, je m'abandonne à vos barbares mains.
Terminez ma mourante vie?
Si de quelque frayeur je vous parois saisie,
Ce n'est pas vostre barbarie,
C'est vostre pitié que je crains.

LA JALOUSIE.

Pour calmer vos ennuis le Ciel icy m'appelle,
L'enfer s'interesse pour vous;
Voulez-vous conserver une flame immortelle
Pour un volage, un infidelle?
Ah! ne suivez que vos transports jaloux;

Pour accabler l'Ingrat d'une haine cruelle,
Que s'il se peut vostre couroux,
Egalle les plaisirs de son ardeur nouvelle?

PROCRIS

Graces aux Dieux, je suis au comble des malheurs.
Le sort me fût toûjours contraire;
Mais je ne croyois pas ô Ciel ! que ta colere,
Dût finir par ce coup ma vie & mes douleurs.

Elle tombe évanoüie.

LA JALOUSIE, LA RAGE, LE DESESPOIR.

Pour obeïr à la Déesse,
Inspirons à Procris nos transports furieux.
Profitons de cette foiblesse,
Qui va cacher nostre rage à ses yeux;
Venez, Demons, venez, montrez-vous en ces lieux?
Que chacun de nous s'empresse,
D'obeïr à la Déesse.

SCENE VI.

LA JALOUSIE, LA RAGE, LE DESESPOIR.

Chœur & Troupe de Demons.

PROCRIS *évanoüie.*

CHOEUR.

Accourons traînons nos fers.
Nous allons dans ces lieux, pour remplir vostre attente,
Répandre la terreur, le trouble & l'épouvante.

Ac-

Accourons traînons nos fers
Transportons icy les Enfers.

ENTRE'E DE DEMONS.

LA JALOUSIE *s'approche de Procris.*

Sortez d'un honteux esclavage
Méprisez l'inconstant qui cause vostre ennuy ?
Que le Dépit, la Fureur & la Rage,
Vous animent seuls aujourd'huy ?
Non, non, vous ne sçauriez luy faire trop d'outrage ?
La haine que l'on sent pour un Amant volage,
Se mesure à l'amour que l'on avoit pour luy.

Les Demons & la Jalousie inspirent leur fureur à Procris, & se retirent.

SCENE VII.

Le Theatre change & represente les mesmes Jardins qui avoient paru auparavant. Procris sort de son évanoüissement agitée des fureurs que la Jalousie vient de luy inspirer.

PROCRIS, CEPHALE.

PROCRIS.

L'Ingrat ? mais Dieux ? où suis je ?

CEPHALE.

Enfin le Ciel propice.

PROCRIS

Perfide, je te voy ? va ? fuy loin de mes yeux ?
Par tes mensonges odieux

Tu

Tu ne peux plus couvrir ton injustice ;
Cherche des lieux remplis de traîtres, d'imposteurs?
Où l'on puisse imiter tes trahisons secrettes.
Pour le malheur helas! des sinceres ardeurs,
Tu n'auras que trop de retraites!

CEPHALE.

Que dites-vous cruelle! Ah! vous voulez en vain
Sous un voile trompeur cacher vostre inconstance.

PROCRIS.

Pour me vanger de ton offence,
A ton Rival je vais donner la main ;
J'acheteray bien cher une triste vengeance ;
J'en mouray, je le sens ; mais mon cœur sans effroy,
Verra de son destin les rigueurs inhumaines ;
Non, traistre? je ne puis par de trop rudes peines,
Me punir de l'amour que j'ay senty pour toy.

CEPHALE.

Vous m'accusez quand j'ay lieu de me plaindre...

PROCRIS.

Tes détours seront superflus?
Croy-moy, ne cherche point à feindre?
Mon cœur est détrompé, je ne t'écoûte plus.
Va retrouver ta conquête nouvelle?
Que ne puis-je, à tes yeux plus charmante & plus belle,

Sur elle remporter le prix?
De ton perfide cœur me rendre ſouveraine?
Pour payer à jamais de froideur & de haine,
L'ardeur dont tu ſerois épris,

Elle ſort.

CEPHALE.

Sans vouloir m'écoûter, l'Ingratte ſe retire?
Ah! c'eſt au deſeſpoir que je doy recourir!
Je ne puis ſupporter un ſi cruel martyre.
Courons la voir, l'appaiſer, ou mourir.

Fin du quatriéme Acte.

ACTE CINQUIE'ME.

Le Theatre represente un Bois.

SCENE I.

PROCRIS, DORINE.

PROCRIS.

NE me Parle plus d'un parjure.
Prens-tu quelque plaisir d'aigrir mon deses-
spoir ?
Ah ! plûtost pour m'aider à suivre mon devoir,
Dis-moy que j'en reçoy la plus cruelle injure ?
Et quoy que mon cœur en murmure,
Que ma gloire m'oblige à ne jamais le voir.
A ne jamais le voir? O gloire trop cruelle!
Cephale ? helas ! que ne m'es-tu fidelle ?
Quelle que fût des Dieux l'impitoyable loy,
Prête a mourir du coup qui nous separe
J'aurois malgré le Ciel barbare,
La douceur d'expirer en te donnant ma foy ?
Quel plaisir, en mourant de te voir, de t'entendre?
Tes yeux me donneroient des pleurs,
Et le soin de tes jours pourroit seul me deffendre,
De te rendre témoin de toutes mes douleurs.
Mais Ingrat, tu me fuis, & ma tendresse est vaine;
Ton lasche cœur se plaist à me trahir ?
Cruel ? Ah ! quand tu vois que ma mort est cer-
taine,
Dois-tu pour redoubler ma peine,

Con-

Contraindre en expirant mon cœur à te haïr ?

DORINE.

Céphale au desespoir m'a fait voir ses allarmes ;
J'ay vû ses yeux baignez de larmes,
Vous chercher, pour bannir vostre fatalle erreur.

PROCRIS.

Non, non, il veut encore tromper mon foible cœur,
Dorine, mon trépas n'aura rien qui l'étonne?
Revenez ma juste fureur,
Je ne sçaurois avoir trop en horreur
Le perfide qui m'abandonne,
C'en est fait ; je le hais ? je ne veux plus songer
Qu'à suivre un fier devoir qui peut seul me vanger..
Inutille couroux, impuissante vengeance,
En vain pour me tromper je fais ce que je puis.

DORINE.

De vos transports calmez la violence ?
On vient.

PROCRIS.

Helas ! doit-on me contraindre au silence,
Quand la plainte peut seule adoucir mes ennuis.

SCENE II.

PROCRIS, BORE'E, DORINE.

Chœur & Troupe de Thraces.

BORE'E

Belle Princeſſe enfin approuvez-vous ma flame?
Et lors qu'un doux Hymen nous unit en cejour,
M'eſt-il permis de croire que voſtre ame,
Veut bien partager mon amour?
Vous vous troublez? vous eſtes interdite?
Ingrate? mes ſoupirs n'ont-ils pû vous toucher!

PROCRIS.

Ceſſez d'eſtre ſurpris du trouble qui m'agite
Pardonnez à mon cœur le deſordre qu'excite
Un amour qu'il veut vous cacher.

BORE'E.

Qu'entens-je? mes craintes ſont vaines?
Vous conſentez à couronner mes feux?
Aprés de mortelles peines,
Que l'Hymen a d'appas pour deux cœurs amoureux;
Non, il n'a point de douces chaînes,
Si l'Amour n'en forme les nœuds.

PROCRIS, BORE'E

Aprés de mortelles peines,
Que l'Hymen a d'appas pour deux cœurs amoureux.
Non, il n'a point de douces chaînes
Si l'Amour n'en forme les nœuds.

BORE'E.

Rien ne me trouble plus, & ma joye est extrê-
me?
O vous? chers confidens de mes tristes soupirs,
Et que je rends témoins de mon bonheur suprê-
me,
Si vos cœurs prennent part à mes tendres plaisirs,
Honorez la beauté que j'ayme.
Empressez-vous de rendre à ses beaux yeux,
L'homage que l'on rend aux Dieux.

CHOEUR.

Empressons-nous de rendre à ses beaux yeux,
L'homage que l'on rend aux Dieux.

PREMIERE ENTRE'E

BORE'E.

Est-il de plus douce victoire,
Que celle des Amans que l'Amour rend heu-
reux?
Quel triomphe! quelle gloire!
De voir une beauté qui méprisoit nos feux
Ceder & se rendre à nos vœux.
Est-il de plus douce victoire
Que celle des Amans que l'Amour rend heureux

Le Chœur repete ces parolles, & les Thraces recommencent leurs danses.

BORE'E.

Approuvez les ardeurs d'une ame impatiente,
Je vais presser le Roy d'accomplir mes desirs.
Les momens qu'il differe à remplir mon attente,
Il les derobe à mes plaisirs.

SCE-

SCENE III.

PROCRIS, DORINE.

PROCRIS.

Ah! pendant ces momens où je suis libre encore
Prevenons les malheurs qui me sont destinez,
C'est traîner trop long-temps des jours infortunez,
Et nourrir en mon cœur l'ennuy qui le devore?
Mourons....

SCENE IV.

L'AURORE, PROCRIS, DORINE.

L'AURORE

Moderez vos transports
Procris, à vostre sort l'Aurore s'interesse.
Pour couronner vostre tendresse,
Je viens employer mes efforts,
Cephale vous conserve une immortelle flame
Une jalouse Deïté
A fait inspirer à vostre ame
Un injuste soupçon de sa fidelité.

PROCRIS.

Quoy? Cephale... Cephale à mes maux est sensible;
Il m'ayme... Ah! mon destin m'en paroist plus affreux?

L'AURORE.

A mes desirs il n'est rien d'impossible,
Ne craignez point un Hymen rigoureux,
Allez, prés d'un Amant, par des ardeurs nouvelles
Renouveller vos flames mutuelles,
Et des Dieux appaisez oublier le couroux!
Combien est-il de cœurs fidelles.
Qui par des peines plus cruelles,
Voudroient bien acheter un succés aussi doux?

SCENE V.

L'AURORE *seule.*

Que fais-je? quel projet? une pitié fatalle,
A servir ces Amans me va-t'elle engager?
Ciel! sans fremir puis-je songer
Au bonheur dont mes soins vont combler ma rivalle?
Mais plûtost, de ma flame un indigne retour,
Pourroit-il m'empécher de vaincre mon amour?
Cesse de m'ataquer importune tendresse?
Si les Dieux sont jaloux, ils ne sont pas cruels.
Plus nostre rang nous place au dessus des mortels,
Moins nous devons partager leur foiblesse.

SCENE VI.

L'AURORE, IPHIS.

L'AURORE.

He bien ! de mes soins genereux.
Cephale est-il content? as-tu sçû l'en instruire?

IPHIS.

Cephale, des mortels est le plus malheureux.

L'AURORE.

Juste Ciel ! que vas-tu me dire ?

IPHIS.

Le Roy soumis aux volontez des Dieux,
A fait rompre un hymen à vos desirs contraire ;
Borée irrité, furieux
A trouvé son Rival assez prés de ces lieux,
Procris n'a pû suspendre leur colere. . .
Déja de sa fureur prompt à se repentir,
Borée alloit prendre la fuite,
Lorsqu'un trait qu'au hazard Cephale fait partir,
Frappe d'un coup mortel la Princesse interdite.

L'AURORE.

Qu'entens-je? O destin rigoureux,
Pourquoy t'opposer à ma gloire ?
Tu viens m'enlever la victoire,
Que j'allois pour jamais remporter sur mes feux ?
Cent mouvemens divers trouvent place en mon ame ;
Malgré tous mes efforts, une secrette flame
Cherche encor a s'y rallumer.

IPHIS.

Cephale vient.

L'AURORE

Sortons, je crains qu'il ne me voye;
Cachons un lasche amour qui veut se r'animer.
Cachons.. que sçais-je Iphis; une maligne joye
Que ma gloire offencée à peine peut calmer.

SCENE VII.

CEPHALE. *Troupe d'Atheniens.*

CEPHALE.

Ah! laissez-moy mourir; vostre pitié cruelle
Veut-elle prolonger les rigueurs de mon sort?
Malheureux que je suis; cette main criminelle
A ma chere Procris vient de donner la mort.
Pourquoy m'arracher d'auprés d'elle;
Pourquoy par un barbare effort,
Me retenir au jour quand son ombre m'appelle?
Ah! laissez-moy mourir; vostre pitié cruelle
Veut-elle prolonger les rigueurs de mon sort?

SCENE VIII.

ET DERNIERE.

PROCRIS *mourante soutenuë par* DORINE.
CEPHALE. *Troupe d'Atheniens.*

CEPHALE.

Mais, je la voy! Procris!

PRO-

PROCRIS.

Cephale!

PROCRIS, CEPHALE.

O jour funeste!

CEPHALE.

Vous me quittez, demeurez en ces lieux,
Voulez-vous m'enlever le seul bien qui me reste?

PROCRIS.

Hé bien! Cephale, hé bien! recevez mes adieux.
A suivre vos desirs mon propre amour m'entraîne;
J'aurois voulu, de peur d'augmenter vostre peine
Me priver du plaisir de mourir à vos yeux.

CEPHALE.

Je vais vous suivre en la nuit éternelle.

PROCRIS.

Non, vivez; je le veux; je veux revivre en vous.
Vous m'aymez, vous m'estes fidelle,
Mon sort doit me paroistre doux.
Adieu; le destin veut que je vous abandonne,
Cher Cephale aymez-moy toujours.
Mais que le souvenir de nos tristes amours,
Ne trouble point le repos de vos jours;
Oubliez moy plûtost, c'est moy qui vous l'ordonne.
Tout mon corps s'affoiblit.. je fremis.. je me meurs..
Déja du noir séjour j'entrevoy les horreurs;
A mes yeux obscurcis la lumiere est ravie!

Reçoy ma main Cephale, & sois seur qu'en ce
jour,
Le dernier soupir de ma vie,
Est encore un soupir d'amour.

Elle tombe entre les bras de Dorine qui l'emmeine.

CEPHALE.

Acheve ô Ciel barbare! assouvy ta colere!
Ah! je sens qu'à la fin tu te rens à mes cris;
Tu cesse de m'estre severe,
Je succombe à mes maux, rien ne m'est plus
contraire
Et je vais aux Enfers rejoindre ma Procris.

Fin du cinquiéme & dernier Acte.

www.ingramcontent.com/pod-product-compliance
Ingram Content Group UK Ltd.
Pitfield, Milton Keynes, MK11 3LW, UK
UKHW021004220726
13924UKWH00002B/885